Tina, la detective

Tina, the Detective

Jenny Vincent

Pictures by Laure Fournier
Spanish by Rosa María Martín

b small publishing

Nadie vive en la casa de al lado.

Tiene un jardín tranquilo y misterioso.

Voy muchas veces allí. Paso por el agujero de la valla.

Me tumbo en la hierba alta y leo,

lejos de mi ruidosa familia.

A veces imagino que estoy en una isla desierta

con animales salvajes. Papá cree que es divertido.

"El único animal salvaje que hay aquí es Tigre", dice.

Tigre es nuestro gato.

No one lives in the house next door.

It has a quiet and mysterious garden.

I often go there. I go through the hole in the fence.

I lie in the long grass and read,

away from my noisy family.

Sometimes I imagine I'm on a desert island

with wild animals. Dad thinks this is funny.

"The only wild animal there is Tiger," he says.

Tiger is our cat.

Una nueva familia llega a la casa.

"Mira, Tina. Una nueva amiga para ti", dice mamá.

Hay una niña en el jardín. Se llama Alicia.

Alicia tiene unas zapatillas deportivas fantásticas.

Tienen luces pequeñas, y suena música cuando corre.

"Por favor, ¿puedo probármelas?" pregunto a Alicia.

"No", dice. "Éstas son mis zapatillas especiales."

Esa noche, mientras oigo la lluvia, pienso en Alicia.

A lo mejor no quiere ser mi amiga.

Por favor, ¿puedo probármelas?

A new family is moving into the house.

"Look, Tina. A new friend for you," says Mum.

There's a girl in the garden. Her name is Alice.

Alice has a fantastic pair of trainers.

They have little lights and they play music when she runs.

"Please, can I try them?" I ask Alice.

"No," she says. "These are my special trainers."

That night, as I listen to the rain, I think about Alice. Perhaps she doesn't want to be my friend.

Al día siguiente, hace sol y calor.

Voy al jardín a leer. Pero, ¿qué es ese ruido?

Es Alicia. Lleva sus zapatillas musicales
y está cantando muy alto.

"Calla, Alicia", le digo. "¡Estás asustando a Tigre!"

Alicia da vueltas. "¡Me da igual! ¡Soy una superestrella!"

"¡Cállate!" le grito. Intento pararla,
pero resbala y se cae en el barro.

Mira sus zapatillas sucias y empieza a llorar.

The next day, it's sunny and warm.
I go into the garden to read. But what's that noise?
It's Alice. She's wearing her musical trainers
and she's singing very loudly.
"Stop it, Alice!" I say. "You're frightening Tiger!"
Alice spins round. "I don't care! I'm a superstar!"
"Be quiet!" I shout. I try to stop her,
but she slips and falls in the mud.
She looks at her dirty trainers and starts to cry.

Me voy a casa y me siento en mi habitación.

Comparto mi habitación con mi hermana mayor, Raquel,
pero ahora está trabajando. Estoy sola.

Estoy enfadada y un poco triste.

Miro por la ventana. Veo a Alicia.

Está lavando sus zapatillas.

Las pone en una silla, a secar al sol.

Quiero pedirle perdón, pero no puedo.

I go home and sit in my bedroom.

I share my bedroom with my big sister, Rachel,
but she is at work now. I'm all alone.

I feel angry and a bit sad.

I look out of the window. I see Alice.

She is washing her trainers.

She puts them on a chair, to dry in the sun.

I want to say sorry, but I can't.

Al día siguiente, Alicia viene a mi casa. Está enfadada.

"¿Dónde están mis zapatillas?" pregunta.

"¿Las tienes tú?"

"¡No!" le grito. "¡Sube y mira!"

Alicia mira en mi habitación. Sus zapatillas no están allí.

Entonces mira por la ventana.

Una de sus zapatillas está en el césped de nuestro jardín.

"¿Dónde está la otra?" pregunta.

"No sé", le digo. Pero Alicia no me escucha.

The next day, Alice comes to my house. She's angry.

"Where are my trainers?" she asks.

"Have you got them?"

"No!" I shout. "Come upstairs and look!"

Alice looks in my room. Her trainers are not there.
Then she looks out of the window.

One of her trainers is on the grass in our garden.

"Where's the other one?" she asks.

"I don't know," I say. But Alice doesn't listen to me.

En la escuela, todos saben en seguida la historia
de las zapatillas de Alicia.

"¡No soy una ladrona!" digo. Nadie me cree.

Muchas cosas están desapareciendo de sus jardines.

Todos me echan la culpa. ¡Qué día tan horrible!

En casa, me pregunta mamá: "¿Qué pasa, Tina?"

Le cuento la historia.

"Esto es un misterio", dice mamá.

"Tienes que hacer de detective."

At school, everyone soon knows the story
of Alice's trainers.

"I'm not a thief!" I say. No one believes me.
Lots of things are disappearing from their gardens.
Everyone blames me. What a horrible day!
At home, Mum asks, "What's the matter, Tina?"
I tell her the story.
"This is a mystery," says Mum.
"You have to be a detective."

Hoy Alicia aún está enfadada.

"Tienes una zapatilla", le digo.

"Una zapatilla no vale para nada", dice.

¡Pero soy detective! Miro por nuestro jardín.

No veo su zapatilla, pero encuentro otras cosas:

una bufanda, una pelota de tenis verde,

un conejito de juguete, una gorra y un guante.

Los escondo en la caseta del jardín.

14

Today Alice is still angry.

"You have one trainer," I tell her.

"One trainer isn't any good," she says.

But I'm a detective! I look all over our garden.

I can't see her trainer, but I find other things:

a scarf, a green tennis ball,

a toy rabbit, a cap and a glove.

I hide them in the garden shed.

El sábado, papá encuentra la bufanda y las otras cosas.
"¿Por qué están estas cosas aquí, Tina?" pregunta.
"Las he escondido", digo. "Alguien roba cosas, y
las trae a nuestro jardín. ¿Quién es? ¡No soy yo!"
Papá le cuenta el problema a mamá.
"Tenemos que encontrar al verdadero ladrón", dice mamá.
Entonces va a hablar con la madre de Alicia.

On Saturday, Dad finds the scarf and the other things. "Why are these things here, Tina?" he asks.

"I'm hiding them," I say. "Someone is stealing things, and bringing them into our garden. Who is it? It's not me!"

Dad tells Mum about the problem.

"We have to find the real thief," says Mum.

Then she goes to talk to Alice's mother.

Mamá pone una luz especial en el jardín.

Papá pone un timbre al lado de mi cama.

"La luz se enciende por la noche", dice mamá.

"Se enciende si hay alguien en el jardín."

"La luz está conectada al timbre", dice papá.

"Y el timbre suena, para despertarte."

Les digo a mamá y papá: "¡Voy a encontrar al ladrón!
Gracias por ayudarme."

Mum puts a special light in the garden.

Dad puts a buzzer by my bed.

"The light comes on in the night," says Mum.

"It comes on if someone is in the garden."

"The light is connected to the buzzer," says Dad.

"And the buzzer makes a noise, to wake you."

I tell Mum and Dad, "I'm going to find the thief!

Thanks for helping me."

Por la noche, espero. Pero la luz no se enciende,
y el timbre no suena.

En las dos noches siguientes, no pasa nada.

En la escuela, Alicia no me habla.

En casa, le digo a papá: "El plan no funciona."

Papá dice: "¡Una buena detective no se da por vencida!"

Esa tarde, papá pone fuera un cuenco pequeño.

"¿Qué hay en él?" le pregunto.

Papá sonríe y dice: "Espera y verás."

That night, I wait. But the light doesn't come on, and the buzzer doesn't buzz.

In the next two nights, nothing happens.

At school, Alice doesn't talk to me.

At home, I say to Dad, "The plan isn't working."

Dad says, "A good detective doesn't give up!"

That evening, Dad puts a small bowl outside.

"What's in it?" I ask.

Dad smiles and says, "Wait and see."

Por la noche, ¡el timbre suena!

Corro a la ventana. ¡Raquel se despierta también!

Llamo a Alicia con el teléfono de Raquel.

"¡Mira por la ventana!" le digo. "¿Lo ves?"

"¿Qué?" dice Alicia. "… ¡Oh! ¡Guau!¡ Qué bonito!"

El ladrón come en el cuenco.

Entonces saca un zapato viejo de los arbustos
y empieza a jugar con él.

Alicia hace una foto con su teléfono. *"¡Sí!"* dice.

In the night, the buzzer goes!
I run to the window. Rachel wakes up too!
I call Alice on Rachel's phone.
"Look out of the window!" I say. "Can you see?"
"What?" says Alice. "… Oh! Wow! He's beautiful!"
The thief eats some food from the bowl.
Then he pulls an old shoe from the bushes
and starts to play with it.
Alice takes a photo with her phone. *"Yes!"* she says.

En la escuela, nuestra profesora, la señora Khan,
mira la foto en el teléfono de Alicia. Sonríe.
"Bueno", dice. "¡Qué interesante! Un zapato viejo…
¡Quizás tiene mi bufanda azul también!"
Todos los niños miran la foto. "¡Guau! ¡Es un zorro!"
Están avergonzados. "Perdónanos, Tina."
"No pasa nada", les digo.
"Perdóname a mí también", dice Alicia.
Me da un abrazo.

¡Qué interesante!

At school, our teacher, Mrs Khan,
looks at the photo on Alice's phone. She smiles.
"Well," she says. "How interesting! An old shoe…
Perhaps he has my blue scarf, too!"
All the children look at the photo. "Wow! It's a fox!"
They are ashamed. "We're sorry, Tina."
"That's all right," I tell them.
"I'm sorry, too," says Alice.
She gives me a hug.

¡Perdóname a mí también!

Mamá lava la bufanda y las otras cosas.

"Las puedes llevar a la escuela, Tina", dice.

En la escuela, la señora Khan está muy contenta.

"¡Ésa es mi bufanda!" dice. "¡Y el guante de mi marido!"

"¡El conejito de juguete de mi hermano!" dice Antón.

"¡Y nuestra pelota y nuestra gorra!" dicen los gemelos.

"¡Muy bien, Tina!" dice Alicia.

Por la tarde, escribimos poemas sobre zorros.

Ponemos nuestro trabajo en la pared de la clase.

Mum washes the scarf and the other things.

"You can take them to school, Tina," she says.

At school, Mrs Khan is very pleased.

"That's my scarf!" she says. "And my husband's glove!"

"My brother's toy rabbit!" says Anton.

"And our ball and our cap!" say the twins.

"Well, done, Tina!" says Alice.

In the afternoon, we write poems about foxes.

We put our work on the classroom wall.

Alicia y yo jugamos juntas casi todos los días.

Buscamos animales salvajes en su jardín.

Encontramos escarabajos, mariposas,

y algunas ranas pequeñitas.

Una mañana, temprano, vemos a nuestro zorro.

Está durmiendo en la hierba alta.

Pero nos oye, y se escapa.

"¡Ladrón!" le grita riendo Alicia. "¡Estás detenido!"

¡Qué pena que se va! Me encantan sus ojos brillantes.

Alice and I play together nearly every day.
We look for wild animals in her garden.
We find beetles, butterflies,
and some little frogs.
Early one morning, we see our fox.
He's asleep in the long grass.
But he hears us, and he runs away.
"Thief!" shouts Alice, laughing. "You're under arrest!"
I'm sorry to see him go. I love his bright eyes.

Hoy el papá de Alicia está arreglando el jardín.

Quiere plantar verduras.

Ya no tengo un jardín especial…

Pero, adivina lo que pasa.

Mientras el papá de Alicia está trabajando en el jardín,

veo la otra zapatilla de Alicia, enterrada bajo los arbustos.

Por fin Alicia tiene sus dos zapatillas, y está muy contenta.

"¡Eres una buena detective, Tina!", dice Alicia.

"¡Y vamos a ser amigas para siempre!"

Today, Alice's dad is clearing the garden.

He wants to plant vegetables.

There's no special garden now…

But guess what happens.

While Alice's dad is working in the garden,

I see Alice's other trainer, deep in the bushes!

So Alice has both her trainers, and she's happy.

"You're a good detective, Tina!" says Alice.

"And we're going to be friends for ever!"

Quiz

You will need some paper and a pencil.

1 Copy the pictures and write the Spanish words.
You can find them on pages 2 and 28.

2 Who says it? Find the names. Then say the sentences.

1 "¡Soy una superestrella!"

2 "Esto es un misterio."

3 "Gracias por ayudarme."

4 "Perdóname a mí."

3 Write down – in Spanish – five things that the fox took. Use
the pictures to help you.

¡Adiós!

Goodbye!

Answers

1   1 gato 2 zorro 3 mariposas 4 ranas 5 escarabajos

2   1 Alicia/Alice 2 mamá /Mum 3 Tina 4 Alicia/Alice

3   una bufanda, una pelota de tenis verde, una gorra,
    un guante, un conejito de juguete